An Camán Draíochta

Brian de Bhaldraithe
a scríobh

Kieron Black
a mhaisigh

Ⓖ AN GÚM

Baile Átha Cliath

Tiomnú an Údair:
D'iománaithe óga na hÉireann

'Deirtear go bhfuil foireann an-láidir ag Scoil Eoin agus gur beag seans atá againn,' arsa Naoise lena chara, Cian.

Ag caint faoin gcluiche mór a bhí siad. Agus cá hiontas? Bhí Scoil Dhara i gcluiche ceannais an Choirn den chéad uair riamh agus bhí an cluiche le himirt an Aoine dár gcionn i bpáirc na scoile.

Bhí an bheirt acu ar fhoireann Scoil Dhara agus ba é Naoise captaen na foirne.

1

Leis sin tharraing Naoise ar an sliotar
agus ní hamháin go ndeachaigh sé
thar an taobhlíne ach d'eitil sé thar
an gclaí isteach sa chéad pháirc eile.

'Is cuma liom cad deirtear, beidh
an lá linn,' arsa Cian agus rith sé
i dtreo an chlaí.

Bhí súil le Dia aige go mbeadh sé
in ann teacht ar an sliotar go héasca.

Díreach ar an taobh eile den chlaí bhí lios. Isteach leis sa lios agus d'aimsigh sé an sliotar gan mórán moille.

Ach díreach agus é ag casadh thart chonaic sé camán ina luí san fhéar fada. Phioc sé suas é. Bhí an t-adhmad dubh ó bheith amuigh faoin aimsir. Ach ní raibh meirg ar bith ar an mbanda stáin a bhí thart ar bhos an chamáin, rud a chuir ionadh air.

Láithreach bonn bhí Cian an-tógtha leis an gcamán. Bhraith sé ar chuma éigin gur dó féin a rinneadh é. Bhí sé go deas éadrom. Bhí an hanla díreach ceart dá lámh féin. Lúb sé é agus thuig sé láithreach go raibh an snáithe gan locht. Scrúdaigh sé an bhos agus an tsáil. Bhí an dá cheann go breá leathan.

'Nár aimsigh tú an sliotar fós? Maróidh m'athair mé má chaillim ceann eile,' arsa Naoise agus imní ina ghlór.

'Tá sé agam,' arsa Cian agus leis sin chaith sé an sliotar chuig Naoise. Ansin tháinig sé féin de léim thar an gclaí.

'Cá bhfuair tú an seanchamán?' arsa Naoise.

'Istigh sa lios,' arsa Cian. 'Cibé duine ar leis é níl aon mheas aige air. Caithfidh go bhfuil sé ann le fada.'

'B'fhéidir gur leis na sióga é,' arsa
Naoise agus gáire beag ar a bhéal.

'Bhuel, is liomsa anois é,' arsa Cian
go daingean. 'Téanam abhaile. Tá sé
san am againn.'

Shiúil an bheirt acu go dtí geata
na páirce. Ní dhearna siad mórán
cainte. Bhí a gcuid smaointe go huile
is go hiomlán ar chluiche na hAoine.
Bhí an traenáil agus an cleachtadh
thart. Ní raibh le déanamh anois ach
cúpla lá eile a chur isteach ar scoil.

Á! Sea, an scoil!

An lá ina dhiaidh sin ní raibh Cian
in ann obair na scoile a dhéanamh
in aon chor. Agus bhí an chuid eile
den rang chomh holc leis, fiú na
páistí nach raibh ar an bhfoireann.

Ag taibhreamh a bhí sé leath
an ama. É ar an ionsaí, ar ruathar
aonair ... an sliotar mar a bheadh sé
greamaithe de bhos a chamáin ... an
líontán ag creathadh ... na gártha
molta. É á iompar ar ghuaillí a
chomrádaithe ...

Is maith an rud gurbh é a múinteoir féin, an Máistir Ó Néill, a bhí i mbun na foirne agus á dtraenáil. Ba léir gur thuig sé dóibh.

An lá roimh an gcluiche thaispeáin an máistir don rang conas na bratacha agus na hataí a dhéanamh. Níor ghá dó iad a spreagadh chun oibre. D'oibrigh siad go léir go dian mar bhí bratach agus hata an duine ag teastáil ó gach páiste sa scoil. Agus óna muintir freisin.

An tráthnóna sin mhúin an máistir focal nua dóibh – urraíocht. Dúirt sé go raibh Siopa Uí Shé chun urraíocht a dhéanamh ar fhoireann na scoile agus go bhfaigheadh gach ball den fhoireann feisteas nua imeartha – geansaí, bríste agus péire stocaí.

Díreach sula ndeachaigh na páistí abhaile tháinig Ruairí Ó Sé, úinéir an tsiopa, go dtí an scoil agus bhronn sé an feisteas nua ar an Ardmháistir. Bhí grianghrafadóir in éineacht leis agus tógadh a lán grianghraf. Bhí sceitimíní ar an bhfoireann go léir agus iad ag dul abhaile. Bheidís gléasta amach go hálainn ar chaoi ar bith.

Ní dúirt a thuismitheoirí mórán le Cian faoin gcluiche an trathnóna sin. Tar éis an tae chuaigh Cian agus a Dhaidí amach sa pháirc os comhair an tí lena gcuid camán. Thug a Dhaidí an seanchamán faoi deara ach ní dúirt sé dada. Bhí an-tamall imeartha ag an mbeirt acu agus mhúin a athair cúpla cleas do Chian.

An oíche sin bhí a dheartháir óg,
Odhrán, agus a dheirfiúr, Sadhbh,
ag magadh faoi, á rá nach raibh
mórán seans ag Scoil Dhara. Ach níor
thug Cian aird ar bith orthu. Thuig sé
gur ag magadh a bhí siad agus go
mbeidís ag béiceadh in ard a ngutha
ar a shon féin agus ar son na scoile
nuair a bheadh an cluiche ar siúl.

D'oscail Cian a shúile. Maidin
Dé hAoine a bhí ann. Bhí an lá mór
tagtha faoi dheireadh. Chuimhnigh sé
ar a raibh roimhe ... bricfeasta ... lá
scoile ... béile agus ar deireadh thiar
an cluiche mór! Bhraith sé nach raibh
neart sicín ina chosa agus é ina luí
sa leaba ag féachaint ar an tsíleáil.

Ní raibh fonn oibre ar aon duine sa
rang. Fiú an Máistir Ó Néill, bhraith
Cian nach raibh a chroí san obair.
Bhí Cian ag iarraidh a aigne a dhíriú

ar chaint an mháistir. Ansin chuala sé
ceol agus amhrán na scoile trí na
fuinneoga. D'éist sé go haireach agus
d'ardaigh a chroí. Bhí na ranganna
eile ag cleachtadh i gcomhair
an tráthnóna.

Bheadh an cluiche ag tosú ar
leathuair tar éis a ceathair. Scaoil
an máistir an fhoireann abhaile
go luath.

Ar ais sa bhaile dó bhí a athair roimhe agus é gléasta don chluiche. Phacáil Cian a mhála feistis faoi thrí agus d'fholmhaigh sé faoi thrí é féachaint an raibh aon rud dearmadta aige. Amach leis sa ghairdín ansin chun a dhá chamán a fháil.

Sheas sé tamall ansin agus d'fhéach sé ina thimpeall. Seo é an áit ar fhoghlaim sé a chuid iomána – é ag imirt le Daidí agus le Mamaí (beirt a d'imir don chontae) agus ar ndóigh, lena chara, Naoise.

Seo é an áit ar imir sé na mílte cluiche ach gur shamhlaigh sé gur i bPáirc an Chrócaigh a bhí sé; é ina sheasamh go díreach d'Amhrán na bhFiann, cúil á scóráil aige go tiubh, an corn á ghlacadh agus á ardú aige os comhair an tslua agus é féin ina thráchtaire ar feadh an ama. Níor chaill sé aon cheann de na cluichí sin riamh.

Níor ith Cian mórán. D'ól sé cupán tae agus d'ith canta aráin. D'ith sé úll dearg a fuair sé óna mháthair freisin.

'Tá sé san am againn a bheith ag imeacht,' arsa a Dhaidí faoi dheireadh.

Chuir a mháthair doras an tí faoi ghlas agus shuigh an teaghlach ar fad isteach sa charr. Is beag caint a bhí ar siúl ag aon duine. Bhí an dá chamán agus an feisteas imeartha – an clogad, an dá loirgneán, a bhríste agus a bhróga peile – i mála Chéin sa bhúit. Bhí bratach agus hata an duine ag Sadhbh agus ag Odhrán agus iad gléasta amach i ndathanna na scoile.

Nuair a shroich siad páirc na
himeartha thug Cian aghaidh ar an
scoil. Bhí foireann Scoil Eoin tagtha
agus iad á ngléasadh féin i seomra
Rang a Trí.

Isteach le Cian ina sheomra féin.
Bhí an Máistir Ó Néill agus cuid
mhaith den fhoireann ann roimhe.
Ghléas sé é féin go mall agus é ag
smaoineamh ar an obair a bhí roimhe.

Nuair a bhí gach duine gléasta agus é ag druidim le ham tosaithe labhair an tArdmháistir leo.

'Anois, a bhuachaillí,' ar seisean, 'tá mé an-bhródúil as an bhfoireann seo. Tá sibh tar éis na cluichí go léir go dtí seo a bhuachan. Agus anois tá seans agaibh an corn a bhuachan inniu. Níor éirigh le haon fhoireann eile as an scoil seo é sin a dhéanamh riamh roimhe seo ... '

Nuair a bhí deireadh ráite ag an
Ardmháistir labhair an Máistir
Ó Néill. Chuir sé fainic orthu gan
aird ar bith a thabhairt ar an slua ach
a n-aigne a choinneáil ar an obair
mhór a bhí rompu.

Nuair a rith an dá fhoireann amach
ar an bpáirc thosaigh an slua ag
béiceadh agus ag liúireach. Cheapfá
go raibh siad imithe as a meabhair.
Thóg sé tamall ar Chian dul i dtaithí
ar an ngleo.

Glacadh grianghraif den dá
fhoireann. Ansin ghlaoigh an réiteoir
chuige an dá chaptaen.

'Ceann nó cruit?' ar seisean le
Naoise.

'Ceann,' arsa Naoise agus chaith an
réiteoir an bonn airgid san aer.

'Agatsa an rogha,' arsa an réiteoir
le captaen Scoil Eoin.

Ach ba chuma i ndáiríre. Ní raibh
an ghaoth ag séideadh.

Laistigh de nóiméad bhí gach
imreoir ina áit féin ar an bpáirc.
Chaith an réiteoir isteach an sliotar.
Ba léir láithreach go raibh sé i gceist
ag foireann Scoil Eoin an bua a fháil.

Bhí siad ag imirt mar a bheadh Dia
á rá leo.

Taobh istigh de chúig nóiméad bhí
dhá chúilín faighte acu agus murach
gur Naoise a bhí sa chúl bheadh cúpla
cúl acu chomh maith. Bhí Naoise
ag imirt go hiontach – é ag stopadh
agus ag glanadh na liathróide
go cumasach.

Bhí Cian ag imirt ar an gcliathán
sna leath-thosaithe agus bhí sé
an-mhíshásta. Is annamh a tháinig
an sliotar ina threo agus an uair sin
féin níor éirigh leis aon ghaisce
a dhéanamh. Is beag má fuair sé poc
ceart den sliotar gan trácht ar scór
a aimsiú. Agus i rith an ama bhí Scoil
Eoin ag aimsiú cúilíní go tiubh. Shéid
an réiteoir an fheadóg. Leath ama a
bhí ann cheana féin.

Bhí muintir Scoil Eoin in airde brí, idir an lucht tacaíochta agus an fhoireann. Ach ní haon ionadh agus an scór mar a bhí.

Scoil Eoin 0 - 8   Scoil Dhara 0 - 0

Shiúil foireann Scoil Dhara isteach sa scoil, iad go ciúin díomách. Bhí siad náirithe. Ní raibh oiread is cúilín faighte acu. Bhí eagla ar Chian go mbainfí den pháirc é.

Ba é an tArdmháistir a labhair
i dtosach. Ach in ionad a bheith
ag tromaíocht orthu thosaigh sé
á moladh agus á spreagadh.

Ní dúirt an Máistir Ó Néill mórán
ach rinne sé athrú amháin ar an
bhfoireann, agus b'in athrú a chuir
iontas ar Chian. D'aistrigh sé Cian
féin go lár na páirce agus dúirt leis
an leaid rua a mharcáil.

Cuireadh tús leis an dara leath.
Tharraing Cian agus an leaid rua le
chéile. Amach leis an sliotar i dtreo
na taobhlíne. Lean siad beirt é ach
d'éirigh leis an mbuachaill rua é a
ardú. Chas sé thart chun é a bhualadh
ach bhlocáil Cian an sliotar. Ach má
rinne briseadh a chamán ina dhá leath
agus d'eitil an liathróid amach thar an
taobhlíne.

Láithreach bonn rith a athair chuige agus thug an seanchamán isteach ina lámh. Thosaigh an imirt an athuair agus níorbh fhada gur tháinig an sliotar ina threo.

D'ardaigh sé den talamh é agus i bhfaiteadh na súl tharraing poc láidir air. Ar éigean a chreid sé a shúile nuair a chonaic sé an sliotar ag eitilt thar an trasnán. Thóg lucht tacaíochta Scoil Dhara na gártha molta.

Ar ais le Cian go lár na páirce.
D'éirigh leis greim a fháil ar an
sliotar ón bpoc amach agus Scoil
Dhara a chur ar an ionsaí. Lean sé
féin an sliotar isteach i dtreo an chúil.
Is maith an rud gur lean mar bhí an
sliotar díreach á ghlanadh ag an gcúl
báire nuair a bhain Cian an líne fiche
méadar amach. Bhí an sliotar ag
teacht cruinn díreach ina threo.
Bhuail sé lasc air. An cúl báire bocht!
Ní fhaca sé an sliotar ag dul thairis
isteach sa líontán.

Phléasc lucht leanúna Scoil Dhara
amach ag béiceadh. Bhí an dóchas
beo ina gcroí arís. Tháinig fonn ar
Chian an seanchamán a phógadh. Ach
b'éigean dó rith amach go lár na
páirce arís.

Arís eile thit an poc amach i lár na
páirce agus d'éirigh le Cian an sliotar
a bhualadh ar ais i dtreo an chúil ach
an babhta seo thit sé díreach lasmuigh
den chearnóg. Sin é an áit a raibh an
rúscadh. Ceathrar nó cúigear ag
tarraingt air. Rith Cian i dtreo na
cearnóige ach glanadh an sliotar
amach i dtreo na taobhlíne.

Bhí sé ar tí rith amach ina dhiaidh nuair a bhraith sé a chamán ag éirí trom. Bhí sé mar a bheadh an camán a rá leis fanacht san áit a raibh sé. Níorbh fhada gur tháinig an sliotar isteach ón gcliathán. Tharraing Cian láithreach air. A leithéid d'urchar! Bhí an sliotar i gcúinne an líontáin i bhfaiteadh na súl agus ní raibh seans ag an gcúl báire é a stopadh.

Anois bhí dathanna Scoil Dhara ag rince i measc an tslua. Ní raibh ach cúilín amháin idir na foirne. Is fada a bheidh cuimhne ar an imirt as sin go deireadh an chluiche. Thuig foireann Scoil Eoin go raibh a ngreim ar an gcluiche caillte acu agus d'imir siad go díocasach.

Bhí ard-atmaisféar ann. An sliotar á lascadh ó cheann ceann na páirce. Bhí luas, scil agus dianchoimhlint ann. Togha cluiche a bhí ann agus thuig an slua é sin.

Ba mhaith a thuig traenálaí Scoil
Eoin go gcaithfí rud éigin a dhéanamh
faoi Chian. D'ordaigh sé don leaid rua
é a mharcáil go dian.

Fuair an dá fhoireann trí chúilín an
taobh sa cheathrú uaire ina dhiaidh
sin, rud a d'fhág go raibh an bhearna
chéanna eatarthu i gcónaí. Bhí Scoil
Eoin fós cúilín chun cinn.

Bhí cúpla nóiméad fágtha agus Scoil
Eoin ar an ionsaí ach chuir siad an
deis sin amú.

Thuig Naoise nach raibh mórán ama fágtha agus go gcaithfeadh sé Cian a aimsiú leis an bpoc amach. Bhuail sé poc millteanach ar an sliotar, amach thar lár na páirce.

Nuair a cheansaigh Cian an sliotar thuig sé cad ba cheart dó a dhéanamh – cúilín a aimsiú. Ach bhraith sé láithreach go raibh tuairim eile ag an seanchamán. Thosaigh sé ar ruathar aonair. Chuaigh an slua le báiní. A leithéid de bhéicíl – cuid

acu ag iarraidh air an cúilín a fháil;
cuid eile ag moladh dó leanúint ar
aghaidh. Bhí lucht leanúna Scoil
Eoin ag impí ar an leaid rua Cian a
stopadh.

Ach i ndáiríre ní raibh aon rogha
ag Cian. Bhí air a chamán a leanúint.
Bhí an sliotar mar a bheadh sé faoi
dhraíocht – é greamaithe dá chamán
agus gan seans ag aon duine eile
seilbh a fháil air.

D'éirigh leis dhá chúlaí a chur de agus anois ní raibh idir é agus an cúl báire ach an lánchúlaí mór. Réab seisean amach chun é a stopadh. Ach bhuail an camán an sliotar go deas bog thar a cheann agus i bhfaiteadh na súl bhí Cian taobh thiar de. Sular bhuail an sliotar an talamh tharraing an camán air agus lasc an sliotar isteach sa líontán.

Bhí Scoil Dhara chun cinn den chéad uair sa chluiche. Bhí a lucht tacaíochta ag rince le háthas.
Nóiméad ina dhiaidh sin shéid an réiteoir an fheadóg dheiridh.
Bhí an cluiche thart agus seo mar a bhí an scór deiridh.

Scoil Dhara 3 - 4   Scoil Eoin 0 - 11

Rug Naoise agus Cian barróg ar a chéile. Rith lucht leanúna Scoil Dhara isteach ar an bpáirc agus d'ardaigh siad na himreoirí ar a nguaillí.

Ní raibh aon seans go n-éalódh Cian. Sciobadh den talamh é agus ardaíodh é ar ghuaillí an tslua. Ba é laoch an lae é. Bhí gach aon duine á mholadh agus ag iarraidh boiseog sa droim a thabhairt dó.

Bronnadh an corn ar Naoise, an captaen. D'ardaigh sé go bródúil os comhair an tslua é. Agus é ag fágáil na páirce bhí greim daingean ag Naoise ar an gcorn ach bhí greim an fhir bháite ag Cian ar a chamán – an seanchamán draíochta.